Bleib bei mir, mein Herz,
im Schattenland

# Bleib bei mir, mein Herz, im Schattenland

*Gedichte über Liebe und Tod*

Herausgegeben von
Peter Schünemann

Verlag C. H. Beck

Druck und Bindung: Pustet, Regensburg
Gesetzt aus der Garamond im Verlag C.H.Beck
Printed in Germany
ISBN 3 406 52915 1

*www.beck.de*

Ein Mädchen, bleich von Wangen,
winkt mir von drüben zu:
Ich bin vorausgegangen,
was zögerst du ?
*Adolf Friedrich von Schack*

Ich hort ein Sichellin rauschen,
Wohl rauschen durch das Korn,
Ich hort ein feine Magd klagen,
Sie hätt ihr Lieb verlorn.

«La rauschen, Lieb, la rauschen!
Ich acht' nit, wie es geh:
Ich hab mir ein Buhlen erworben
In Veiel und grünem Klee.»

«Hast du ein Buhlen erworben
In Veiel und grünem Klee:
So steh ich hie alleine,
Tut meinem Herzen weh!»

Ich hab' die Nacht geträumet
Wohl einen schweren Traum;
Es wuchs in meinem Garten
Ein Rosmarienbaum.

Der Kirchhof war der Garten,
das Blumenbeet ein Grab,
und von dem grünen Baume
fiel Kron' und Blüten ab.

Die Blüthen tät ich sammeln
In einem goldnen Krug,
der fiel mir aus den Händen,
daß er in Stücke schlug.

Draus sah ich Perlen rinnen
Die Tröpflein rosenrot.
Was mag der Traum bedeuten?
Herzliebster bist du tot?

Schwesterlein, Schwesterlein, wann geh'n wir
nach Haus?

Früh, wenn die Hähne kräh'n,
woll'n wir nach Hause geh'n,
Brüderlein, Brüderlein, dann geh'n wir
nach Haus.

Schwesterlein, Schwesterlein, wann geh'n wir
nach Haus?

Früh, wenn der Tag anbricht,
eh end't die Freude nicht,
Brüderlein, Brüderlein, der fröhliche Braus.

Schwesterlein, Schwesterlein, wohl ist es Zeit.

Mein Liebster tanzt mit mir,
geh ich, tanzt er mit ihr,
Brüderlein, Brüderlein, laß' du mich heut!

Schwesterlein, Schwesterlein, du bist Du ja so blaß?

Das ist der Morgenschein
Auf meinen Wängelein,
Brüderlein, Brüderlein, die sind vom Taue naß.

Schwesterlein, Schwesterlein, du wankest so matt?

Suche die Kammerthür,
suche mein Bettlein mir,
Brüderlein, es wird fein
Unterm Rasen sein.

Ach wie ists möglich dann,
Daß ich dich lassen kann,
Hab dich von Herzen lieb,
Das glaube mir!
Du hast das Herze mein
So sehr genommen ein,
Daß ich kein' Andern lieb,
Liebe so sehr.

Obschon das Glück nicht wollt,
daß ich dein werden sollt,
So lieb ich dennoch dich,
Glaub's sicherlich!
Es sollt kein Andrer sein,
Der mich soll nehmen ein
Als du, o schönstes Kind,
Dir bleib ich treu!

Stoß mir das Herz entzwei,
Wenn du ein falsche Treu
Oder nur falsche Lieb
Spürest an mir!
Dir will ich jederzeit
Zu Diensten sein bereit,
Bis daß ich kommen werd
Unter die Erd.

Nach meinem Tod alsdann,
Auf daß du denkst daran,
Nimm an der Totenbahr
Dies Riemlein wahr:
Hier liegt begraben drein
Die dich geliebt allein,
Die dich geliebet hat
Bis in das Grab.

*Jakob Michael Reinhold Lenz*

Wo bist du itzt, mein unvergeßlich Mädchen,
Wo singst du itzt?
Wo lacht die Flur, wo triumphiert das Städtchen,
Das dich besitzt?

Seit du entfernt, will keine Sonne scheinen,
Und es vereint
Der Himmel sich, dir zärtlich nachzuweinen,
Mit deinem Freund.

All unsre Lust ist fort mit dir gezogen,
Still überall
Ist Wald und Feld. Dir nach ist sie geflogen,
Die Nachtigall.

O komm zurück! Schon rufen Hirt und Herden
Dich bang herbei.
Komm bald zurück! Sonst wird es Winter werden
Im Monat Mai.

*Martin Opitz*

## Das Fieberliedlin

Nächst als zugleiche lagen
Zwei Lieb in Fiebers Schmerz,
Sprach er: Ich bin zu tragen
Für dich bereit, mein Herz,
Für dich bin ich bereit zu leiden,
Und soll sich meine Seele scheiden.

Er lag in heißer Flammen,
Die Sprache ließ schon nach,
Die Hitze kam zusammen,
Der Puls schlug sehr gemach;
Empfund doch mitten in dem Leiden,
Weil er bei ihr war, Lust und Freuden.

Sie schlug die Augen nieder,
Als fiel er in den Tod;
Er wandte hin und wider
Sein Haupt in letzter Not;
Sein Herz wurd matt, die Adern sprungen,
Der Geist würd aus zu fahrn gezwungen.

Sie sprach: mein Lieb, mein Leben,
Ich schwimme wegen dein,
Und ich, er sagt, muß geben
Für dich mein Seelelein.
So ist er in der Schoß gestorben,
Die er so treulich hat erworben.

*Friedrich Gottlieb Klopstock*

## Die Sommernacht

Wenn der Schimmer von dem Monde nun herab
In die Wälder sich ergießt und Gerüche
Mit den Düften von der Linde
In den Kühlungen wehn:

So umschatten mich Gedanken an das Grab
Der Geliebten, und ich seh in dem Walde
Nur es dämmern, und es weht mir
Von der Blüte nicht her.

Ich genoß einst, o ihr Toten, es mit euch!
Wie umwehten uns der Duft und die Kühlung!
Wie verschönt warst von dem Monde
Du, o schöne Natur!

*Johann Wolfgang Goethe*

## Selige Sehnsucht

Sagt es niemand, nur den Weisen,
Weil die Menge gleich verhöhnet,
Das Lebend'ge will ich preisen,
Das nach Flammentod sich sehnet.

In der Liebesnächte Kühlung,
Die dich zeugte, wo du zeugtest,
Überfällt dich fremde Fühlung,
Wenn die stille Kerze leuchtet.

Nicht mehr bleibest du umfangen
In der Finsternis Beschattung,
Und dich reißet neu Verlangen
Auf zu höherer Begattung.

Keine Ferne macht dich schwierig,
Kommst geflogen und gebannt,
Und zuletzt, des Lichts begierig,
Bist du, Schmetterling, verbrannt.

Und so lang du das nicht hast,
Dieses: Stirb und werde!
Bist du nur ein trüber Gast
Auf der dunklen Erde.

*Eduard Mörike*

## Peregrina

Der Spiegel dieser treuen, braunen Augen
Ist wie von innerm Gold ein Widerschein;
Tief aus dem Busen scheint ers anzusaugen,
Dort mag solch Gold in heil'gem Gram gedeihn.
In diese Nacht des Blickes mich zu tauchen,
Unwissend Kind, du selber lädst mich ein –
Willst, ich soll kecklich mich und dich entzünden,
Reichst lächelnd mir den Tod im Kelch der Sünden!

*Joseph von Eichendorff*

## Im Abendrot

Wir sind durch Not und Freude
Gegangen Hand in Hand,
Vom Wandern ruhn wir beide
Nun überm stillen Land.

Rings sich die Täler neigen,
Es dunkelt schon die Luft,
Zwei Lerchen nur noch steigen
Nachträumend in den Duft.

Tritt her, und laß sie schwirren,
Bald ist es Schlafenszeit,
Daß wir uns nicht verirren
In dieser Einsamkeit.

O weiter, stiller Friede!
So tief im Abendrot
Wie sind wir wandermüde –
Ist das etwa der Tod?

*Theodor Storm*

## Tiefe Schatten

Mitunter weicht von meiner Brust,
Was sie bedrückt seit deinem Sterben;
Es drängt mich, wie in Jugendlust,
Noch einmal um das Glück zu werben.

Doch frag ich dann: Was ist das Glück?
So kann ich keine Antwort geben,
Als die, daß du mir kämst zurück,
Um so wie einst mit mir zu leben.

Dann seh ich jenen Morgenschein,
Da wir dich hin zur Gruft getragen;
Und lautlos schlafen die Wünsche ein,
Und nicht mehr will ich das Glück erjagen.

*Friederike Brun*

## Ich denke dein

Ich denke dein, wenn sich im Blütenregen
Der Frühling malt,
Und wenn des Sommers mildgereifter Segen
In Ähren strahlt.

Ich denke dein, wenn sich das Weltmeer tönend
Gen Himmel hebt,
Und vor der Wogen Wut das Ufer stöhnend
Zurücke bebt.

Ich denke dein, wenn sich der Abend rötend
Im Hain verliert,
Und Philomelens Klage leise flötend
Die Seele rührt.

Beim trüben Lampenschein in bittren Leiden
Gedacht' ich dein;
Die bange Seele flehte nah am Scheiden:
Gedenke mein!

Ich denke dein, bis wehende Cypressen
Mein Grab umzieh'n;
Und auch in Tempes Hain soll unvergessen
Dein Name blüh'n.

*Erika Burkart*

## Muschel

Schließ dich, meine Zwillings-Muschelschale,
Eng an meinen Muschelrand.
Unten wuchsen uns dieselben Male
In die zartgewölbte Wand.

Das Geheimnis, ewig unversehrt,
Pocht von innen alte Kunde.
Wenn das Meer, die Erde sich verzehrt,
Wachst du auf an meinem Munde.

*Clemens Brentano*

## Der Spinnerin Lied

Es sang vor langen Jahren
Wohl auch die Nachtigall;
Das war wohl süßer Schall,
Da wir zusammen waren.

Ich sing und kann nicht weinen
Und spinne so allein
Den Faden klar und rein,
Solang der Mond wird scheinen.

Da wir zusammen waren,
Da sang die Nachtigall;
Nun mahnet mich ihr Schall,
Daß du von mir gefahren.

So oft der Mond mag scheinen,
Gedenk' ich dein allein;
Mein Herz ist klar und rein,
Gott wolle uns vereinen!

Seit du von mir gefahren,
Singt stets die Nachtigall;
Ich denk' bei ihrem Schall,
Wie wir zusammen waren.

Gott wolle uns vereinen,
Hier spinn ich so allein,
Der Mond scheint klar und rein,
Ich sing und möchte weinen!

*Matthias Claudius*

## Der Tod und das Mädchen

*Das Mädchen*
Vorüber! Ach, vorüber!
Geh wilder Knochenmann!
Ich bin noch jung, geh Lieber!
Und rühre mich nicht an.

*Der Tod*
Gib deine Hand, du schön und zart Gebild!
Bin Freund, und komme nicht, zu strafen.
Sei guten Muts! ich bin nicht wild,
Sollst sanft in meinen Armen schlafen!

*Hugo von Hofmannsthal*

## Mädchenlied

Was rinnen dir die Thränen,
Die Thränen stumm und heiß
Durch deine feinen Finger,
Die Finger fein und weiß?

Mein Schleier ist zerrissen
Und wehet doch kein Wind
Und bin doch nirgends gangen
Niemals, wo Dornen sind.

Die Glocken haben heute
So sonderbaren Klang
Gott weiß, warum ich weine
Mir ist zum Sterben bang.

*Georg Büchner*

## Rosettas Lied

O meine müden Füße ihr müßt tanzen
In bunten Schuhen,
Und möchtet lieber tief
Im Boden ruhen.

O meine heißen Wangen, ihr müßt glühen
Im wilden Kosen,
Und möchtet lieber blühn –
Zwei weiße Rosen.

O meine armen Augen, ihr müßt blitzen
Im Strahl der Kerzen,
Und schlieft im Dunkeln lieber aus
Von euren Schmerzen.

*Rainer Maria Rilke*

## Sonette an Orpheus II / XIII

Sei allem Abschied voran, als wäre er hinter
dir, wie der Winter, der eben geht.
Denn unter Wintern ist einer so endlos Winter,
daß, überwinternd, dein Herz überhaupt übersteht.

Sei immer tot in Eurydike –, singender steige,
preisender steige zurück in den reinen Bezug.
Hier, unter Schwindenden, sei, im Reiche der Neige,
sei ein klingendes Glas, das sich im Klang schon zerschlug.

Sei – und wisse zugleich des Nicht-Seins Bedingung,
den unendlichen Grund deiner innigen Schwingung,
daß du sie völlig vollziehst dieses einzige Mal.

Zu dem gebrauchten sowohl, wie zum dumpfen
und stummen
Vorrat der vollen Natur, den unsäglichen Summen,
zähle dich jubelnd hinzu und vernichte die Zahl.

*Max Dauthendey*

## Ich grübe gern in die Stille ein Grab

Ich fühle mich tot, als wär ich erfroren,
Als hätt sich die Welt zu sterben verschworen.
Ich grübe mir gern in der Stille ein Grab
Und warte begraben deine Wiederkehr ab.

Vom langen Warten versteinen die Wangen
Doch lebt auch im Stein noch ein sehnend Verlangen.
Ich weiß nur, daß ich nichts fühlen will;
Vielleicht steht dann endlich das Warten still.

Der Wind, der heult von den nächtlichen Toren,
Als würde da draußen nur Unglück geboren.
Er klagt wie ein Hund in die Leere hinein,
Und stets drängen Hunger und Sehnsucht herein.

*Christina Rossetti*

## Lied

Sing, wenn ich tot bin, Liebster,
   Kein Trauerlied um mich;
Pflanz keine Rosen mir zuhaupt,
   Und auch Zypressen nicht:
Gras, naß von Tau und Schauern,
   Grünt über mir gewiß,
Und wenn du willst, gedenke,
   Und wenn du willst, vergiß.

Ich sehe nicht die Schatten,
   Spür nicht den Regenfall,
Hör nicht, wenn wie im Leid sie singt
   Und singt, die Nachtigall;
Hinträumend durch das Zwielicht
   – Nie bleicht, nie dunkelt es –
Mag sein, daß ich gedenke,
   Mag sein, daß ich vergeß.

*Übersetzung: Wolfgang Breitwieser*

*Giuseppe Ungaretti*

## Für immer

Ganz ohne Ungeduld werde ich träumen,
Ich werde mich an die Arbeit machen,
Die nie enden kann,
Und nach und nach, gegen Ende,
Kommen Arme den Armen entgegen,
Öffnen sich wieder hilfreiche Hände,
Licht geben die wiederauflebenden Augen
In ihren Höhlen,
Und du, plötzlich unversehrt,
Wirst auferstehen, nochmals
Wird deine Stimme mir Lenkerin sein,
Für immer seh ich dich wieder.

*Übersetzung: Ingeborg Bachmann*

*Friedrich Hölderlin*

## Abbitte

Heilig Wesen! gestört hab' ich die goldene
  Götterruhe dir oft, und der geheimeren,
    Tiefern Schmerzen des Lebens
      Hast du manche gelernt von mir.

O vergiß es, vergib! gleich dem Gewölke dort
  Vor dem friedlichen Mond, geh' ich dahin, und du
    Ruhst und glänzest in deiner
      Schöne wieder, du süßes Licht!

—

## Wenn aus der Ferne

Wenn aus der Ferne, da wir geschieden sind,
  Ich dir noch kennbar bin, die Vergangenheit
    O du Theilhaber meiner Leiden!
      Einiges Gute bezeichnen dir kann,

So sage, wie erwartet die Freundin dich
  In jenen Gärten, da nach entsezlicher
    Und dunkler Zeit wir uns gefunden?
      Hier an den Strömen der heilgen Urwelt.

*Friedrich Theodor Vischer*

## Zu spät

Sie haben dich fortgetragen,
ich kann es dir nicht mehr sagen,
wie oft ich bei Tag und bei Nacht
dein gedacht,
dein und was ich dir angetan
auf dunkler Jugendbahn.
Ich habe gezaudert, versäumet,
hab' immer von Frist geträumet!
Über den Hügel der Wind nun weht:
es ist zu spät.

*Theodor Storm*

## Lied des Harfenmädchens

Heute, nur heute
Bin ich so schön;
Morgen, ach morgen
Muß alles vergehn!
Nur diese Stunde
Bist du noch mein;
Sterben, ach sterben
Soll ich allein.

*Wilhelm Müller*

## Erstarrung
(Die Winterreise)

Ich such im Schnee vergebens
Nach ihrer Tritte Spur,
Wo sie an meinem Arme
Durchstrich die grüne Flur.

Ich will den Boden küssen,
Durchdringen Eis und Schnee
Mit meinen heißen Tränen,
Bis ich die Erde seh.

Wo find ich eine Blüte,
Wo find ich grünes Gras?
Die Blumen sind erstorben,
Der Rasen sieht so blaß.

Soll denn kein Angedenken
Ich nehmen mit von hier?
Wenn meine Schmerzen schweigen,
Wer sagt mir dann von ihr?

Mein Herz ist wie erfroren,
Kalt starrt ihr Bild darin:
Schmilzt je das Herz mir wieder,
Fließt auch ihr Bild dahin.

*Nikolaus Lenau*

## Der schwere Abend

Die dunklen Wolken hingen
Herab so bang und schwer,
Wir beide traurig gingen
Im Garten hin und her.

So heiß und stumm, so trübe
Und sternlos war die Nacht,
So ganz wie unsre Liebe
Zu Tränen nur gemacht.

Und als ich mußte scheiden
Und gute Nacht dir bot,
Wünscht ich bekümmert beiden
Im Herzen uns den Tod.

*Karoline von Günderode*

## Die eine Klage

Wer die tiefste aller Wunden
Hat in Geist und Sinn empfunden,
Bittrer Trennung Schmerz;
Wer geliebt, was er verlohren,
Lassen muß, was er erkohren,
Das geliebte Herz,

Der versteht in Lust die Thränen
Und der Liebe ewig Sehnen
Eins in Zwei zu sein,
Eins im Andern sich zu finden,
Daß der Zweiheit Gränzen schwinden
Und des Daseins Pein.

Wer so ganz in Herz und Sinnen
Konnt' ein Wesen liebgewinnen,
Oh! Den tröstet's nicht,
Daß für Freuden, die verlohren,
Neue werden neu gebohren:
Jene sind's doch nicht.

Das geliebte, süße Leben,
Dieses Nehmen und dies Geben,
Wort und Sinn und Blick,
Dieses Suchen und dies Finden
Dieses Denken und Empfinden
Giebt kein Gott zurück.

*Friedrich Hebbel*

## Sie sehn sich nicht wieder

Von dunkelnden Wogen
Hinunter gezogen,
  Zwei schimmernde Schwäne, sie schiffen daher,
Die Winde, sie schwellen
Allmählig die Wellen,
  Die Nebel, sie senken sich finster und schwer.

Die Schwäne, sie meiden
Einander zu leiden,
  Nun tun sie es nicht mehr, sie können die Glut
Nicht länger verschließen,
Sie wollen genießen,
  Verhüllt von den Nebeln, gewiegt von der Flut.

Sie schmeicheln, sie kosen,
Sie trotzen dem Tosen
  Der Wellen, die zweie in eines verschränkt,
Wie die sich auch bäumen,
Sie glühen und träumen,
  In Liebe und Wonne zum Sterben versenkt.

Nach innigem Gatten
Ein süßes Ermatten,
  Da trennt sie die Woge, bevor sies gedacht.
Laßt ruhn das Gefieder!
Ihr seht euch nicht wieder,
  Der Tag ist vorüber, es dämmert die Nacht.

*Christine Busta*

## Legende

Einmal waren wir Vögel:
wir flogen zusammen
und kreisten durch unermeßliche Tage.
Wir hockten gedrängt im Nest,
wenn die funkelnde Nacht heraufkam,
und schwereloser war nichts
als Flaum an Flaum unser Leben.

Als heute der scharfe Bergwind
uns Arm in Arm vor sich hertrieb,
erkannt' ich dich wieder am schnelleren Herzschlag.
Vom Munde gerissen war uns die Sprache, die lähmt,
und wir flogen noch einmal,
jäh in der Kehle den Laut
reiner, sinnloser Lust.

*Bertolt Brecht*

## Die Liebenden

Sieh jene Kraniche in großem Bogen!
Die Wolken, welche ihnen beigegeben
Zogen mit ihnen schon, als sie entflogen
Aus einem Leben in ein andres Leben.
In gleicher Höhe und mit gleicher Eile
Scheinen sie alle beide nur daneben.
Daß so der Kranich mit der Wolke teile
Den schönen Himmel, den sie kurz befliegen
Daß also keines länger hier verweile
Und keines andres sehe als das Wiegen
Des andern in dem Wind, den beide spüren
Die jetzt im Fluge beieinander liegen.
So mag der Wind sie in das Nichts entführen
Wenn sie nur nicht vergehen und sich bleiben
So lange kann sie beide nichts berühren
So lange kann man sie von jedem Ort vertreiben
Wo Regen drohen oder Schüsse schallen.
So unter Sonn und Monds wenig verschiedenen Scheiben
Fliegen sie hin, einander ganz verfallen.
Wohin, ihr? – Nirgend hin. – Von wem davon? – Von allen.
Ihr fragt, wie lange sind sie schon beisammen?
Seit kurzem. – Und wann werden sie sich trennen? – Bald.
So scheint die Liebe Liebenden ein Halt.

*Georg Heym*

## Der Tod der Liebenden

Durch hohe Tore wird das Meer gezogen
Und goldne Wolkensäulen, wo noch säumt
Der späte Tag am hellen Himmelsbogen
Und fern hinab des Meeres Weite träumt.

«Vergiß der Traurigkeit, die sich verlor
Ins ferne Spiel der Wasser, und der Zeit
Versunkner Tage. Singt der Wind ins Ohr
Dir seine Schwermut, höre nicht sein Leid.

Laß ab vom Weinen. Bei den Toten unten
Im Schattenlande werden bald wir wohnen
Und ewig schlafen in den Tiefen drunten,
In den verborgenen Städten der Dämonen.

Dort wird uns Einsamkeit die Lider schließen.
Wir hören nichts in unserer Hallen Räumen,
Die Fische nur, die durch die Fenster schießen,
Und leisen Wind in den Korallenbäumen.

Wir werden immer beieinander bleiben
Im schattenhaften Walde auf dem Grunde.
Die gleiche Woge wird uns dunkel treiben,
Und gleiche Träume trinkt der Kuß vom Munde.

Der Tod ist sanft. Und die uns niemand gab,
Er gibt uns Heimat. Und er trägt uns weich
In seinem Mantel in das dunkle Grab,
Wo viele schlafen schon im stillen Reich.»

*Octavio Paz*

## Zwei Leiber

Zwei Leiber Seite an Seite
sind manchmal zwei Wellen
Ihr Meer ist die Nacht.

Zwei Leiber Seite an Seite
sind manchmal zwei Steine
Ihre Wüste die Nacht.

Zwei Leiber Seite an Seite
sind manchmal zwei Wurzeln
Ihr Grund ist die Nacht.

Zwei Leiber Seite an Seite
sind manchmal zwei Klingen
Ihr Blitz ist die Nacht.

Zwei Leiber Seite an Seite
sind zwei Sterne, stürzend
vom leeren Himmel.

*Übersetzung: Hans Magnus Enzensberger*

*Paul Éluard*

## Die Liebende

Aufrecht steht sie auf meinen Lidern
Und ihr Haar ist in meinem Haar.
Sie hat die Form meiner Hände,
Sie hat die Farbe meiner Augen,
Sie verzehrt sich in meinem Schatten
Wie ein Stein im Himmel.

Immer hat sie die Augen offen
Und läßt mich nicht schlafen.
Ihre Träume im hellen Licht
Lassen die Sonnen verdunsten,
Machen mich lachen, weinen und lachen,
Sprechen, ohne daß ich etwas zu sagen weiß.

*Übersetzung: Gerd Henniger*

*Richard Beer-Hofmann*

## Schlaflied für Mirjam

Schlaf mein Kind – schlaf, es ist spät!
Sieh wie die Sonne zur Ruhe dort geht,
Hinter den Bergen stirbt sie im Rot.
Du – du weißt nichts von Sonne und Tod,
Wendest die Augen vom Licht und zum Schein –
Schlaf, es sind soviel Sonnen noch dein,
Schlafe mein Kind – mein Kind, schlaf ein!

Schlaf mein Kind – der Abendwind weht.
Weiß man, woher er kommt, wohin er geht?
Dunkel, verborgen die Wege hier sind,
Dir, und auch mir, und uns allen, mein Kind!
Blinde – so gehn wir und gehen allein,
Keiner kann Keinem Gefährte hier sein –
Schlaf mein Kind – mein Kind, schlaf ein!

Schlaf mein Kind und horch nicht auf mich!
Sinn hats für mich nur, und Schall ists für dich.
Schall nur, wie Windeswehn, Wassergerinn,
Worte – vielleicht eines Lebens Gewinn!
Was ich gewonnen gräbt mit mir man ein,
Keiner kann Keinem ein Erbe hier sein –
Schlaf mein Kind – mein Kind, schlaf ein!

Schläfst du, Mirjam? – Mirjam, mein Kind,
Ufer nur sind wir, und tief in uns rinnt
Blut von Gewesenen – Kommenden rollts,
Blut unsrer Väter, voll Unruh und Stolz.
In uns sind Alle. Wer fühlt sich allein?
Du bist ihr Leben – ihr Leben ist dein – –
Mirjam, mein Leben, mein Kind – schlaf ein!

*Friedrich Rückert*

## aus den Kindertodtenliedern

Oft denk ich', sie sind nur ausgegangen,
Bald werden sie wieder nach Haus gelangen,
Der Tag ist schön, o sei nicht bang,
Sie machen nur einen weitern Gang.

Ja wohl, sie sind nur ausgegangen,
Und werden jetzt nach Haus gelangen,
O sei nicht bang, der Tag ist schön,
Sie machen den Gang zu jenen Höhn.

Sie sind uns nur voraus gegangen,
Und werden nicht hier nach Haus verlangen;
Wir holen sie ein auf jenen Höhn
Im Sonnenschein, der Tag ist schön.

*Hermann Kasack*

## Die Ertrunkenen

Dem Strand des Tages zu entschweifen
Schwimmen wir weit, nun lockt der Grund.
Die Meeresorgel gurgelt aus den Pfeifen,
Wir pressen fester Mund an Mund,

Einander Atem noch zu saugen,
Dann werden Wort und Körper klamm.
Der Himmel gleitet von den Augen,
Die Hände fassen kühlen Schlamm.

Bald ruft die Nacht. Vom Mond gebleichter
Treiben wir ruhig durch die Flut.
Die Wasser tragen uns schon leichter,
Von allen Schmerzen ausgeruht.

In diesem Traum, den wir nicht wissen,
Sind wir so nah uns und so fremd.
Die Strömung hat dich mir entrissen
Und in die Ferne weggeschwemmt.

*Ingeborg Bachmann*

## Dunkles zu sagen

Wie Orpheus spiel ich
auf den Saiten des Lebens den Tod
und in die Schönheit der Erde
und deiner Augen, die den Himmel verwalten,
weiß ich nur Dunkles zu sagen.

Vergiß nicht, daß auch du, plötzlich,
an jenem Morgen, als dein Lager
noch naß war von Tau und die Nelke
an deinem Herzen schlief,
den dunklen Fluß sahst,
der an dir vorbeizog.

Die Saite des Schweigens
gespannt auf die Welle von Blut,
griff ich dein tönendes Herz.
Verwandelt ward deine Locke
ins Schattenhaar der Nacht,
der Finsternis schwarze Flocken
beschneiten dein Antlitz.

Und ich gehör dir nicht zu.
Beide klagen wir nun.

Aber wie Orpheus weiß ich
auf der Seite des Todes das Leben,
und mir blaut
dein für immer geschlossenes Aug.

*Astrid Claes*

## Abschied

Wenn es Nacht wird,
will ich gehen.
Schlafend
laß ich dich
allein.
Deine Worte,
weiche Worte,
weiß ich,
könnt' ich nicht
bestehen.

Du mußt still sein,
liebes Lehen,
still wie ich:
ein schöner
Stein.
Laß mich leuchten.
Laß mich leuchten.
Wenn es Nacht wird,
laß mich
gehen.

*Oda Schaefer*

## Im Hades

Viele kehrten nicht wieder. Ich weiß.
Du auch bliebest am düsteren Ort.
Ach, er gibt das Geheimnis nicht preis,
Nicht das im Munde verdorrende Wort.

Schweigen. Sausen des Windes im Ohr
Flüstert Antwort und schauert und lacht.
Schatten, den ich vergebens beschwor,
Ungewiss stürzest du ab in die Nacht.

Wandte zärtlich zu früh mein Gesicht
Ich nach deinem, Verblassender du?
Auf der Leier verlöscht nun das Licht.
Ferne schon brüllen die Tiere mir zu.

*Maris Luise Kaschnitz*

## Dein Schweigen

Du entfernst dich so schnell
Längst vorüber den Säulen des Herakles
Auf dem Rücken von niemals
Geloteten Meeren
Unter Bahnen von niemals
Berechneten Sternen
Treibst du
Mit offenen Augen.

Dein Schweigen
Meine Stimme
Dein Ruhen
Mein Gehen
Dein Allesvorüber
Mein Immernochda.

*Günter Eich*

## Dezembermorgen

Rauch, quellend über die Dächer,
vom Gegenlichte gesäumt.
Ich hab in die Eisblumenfächer
deinen Namen geträumt.

Diesen Dezembermorgen
weiß ich schon einmal gelebt,
offenbar und verborgen,
wie ein Wort auf der Zunge schwebt.

Wachsen mir in die Fenster
Farne, golden von Licht,
zeigt sich im Schnee beglänzter
Name und Angesicht.

Muß ich dich jetzt nicht rufen,
weil ich dich nahe gespürt?
Über die Treppenstufen
hat sich kein Schritt gerührt.

*Ina Seidel*

## Trost

Unsterblich duften die Linden –
was bangst du nur?
Du wirst vergehn und deiner Füße Spur
wird bald kein Auge mehr im Staube finden.
Doch blau und leuchtend wird der Sommer stehn
und wird mit seinem süßen Atemwehn
gelind die arme Menschenbrust entbinden.
Wo kommst du her? Wie lang bist du noch hier?
Was liegt an dir?
Unsterblich duften die Linden. –

*Gottfried Benn*

## Tristesse

Die Schatten wandeln nicht nur in den Hainen,
davor die Asphodelenwiese liegt,
sie wandeln unter uns und schon in deinen
Umarmungen, wenn noch der Traum dich wiegt.

Was ist das Fleisch – aus Rosen und aus Dornen,
was ist die Brust – aus Falten und aus Samt,
und was das Haar, die Achseln, die verworrnen
Vertiefungen, der Blick so heiß entflammt:

Es trägt das Einst: die früheren Vertrauten
und auch das Einst: wenn du es nicht mehr küßt,
hör gar nicht hin, die leisen und die lauten
Beteuerungen haben ihre Frist.

Und dann November, Einsamkeit, Tristesse,
Grab oder Stock, der den Gelähmten trägt –
die Himmel segnen nicht, nur die Zypresse,
der Trauerbaum, steht groß und unbewegt.

*Karl Krolow*

## Gedicht für J.S.

Auf dem Dezember-Bahnsteig in der ersten Stunde nach
Mitternacht
Dein Bild in die Kälte geschnitten,
Mit hellem Mantel, den Schal übers Haar getan,
Und einem im Abschied leuchtenden Gesicht!

Ich erfinde dich noch einmal im Augenblick der Trennung,
Dunkel vor Zärtlichkeit und dem Verlangen nach Glück,
Mit einer von Zuneigung leisen Stimme
In der winterlichen Frostluft.

Ich erfinde dich noch einmal: geschaffen nun,
Um mit mir zu gehen, einem anderen:
Mann im hochgeschlagenen Mantelkragen,
Der das Fenster im Fernzug-Abteil herunterläßt und winkt.

Du bleibst zurück, auf Fluten grauen Windes treibend,
Zurück mit Umarmung und Kuß und dem Geruch deiner
Haut.
Das schwarze und weiße Schachbrett der Schneenacht
Liegt über deinem Gesicht; und ich weiß,
Daß nichts an dir für mich bestimmt ist.

*Karl Kraus*

## Die Verlassenen

Berückend gar, aus deinem Zauberkreise
gezogen sein!
Nun zieht nach unerhörter Weise
die Lust auf ihre letzte Reise
allein.

Und nie ersattend findet sie die Nahrung,
vertraut,
dem Urbild einer Menschenpaarung
und einer Flamme Offenbarung,
die sie geschaut.

Wie mag es sein, aus meinem Feuerkreise
geflohen sein!
Nun zieht nach ungewohnter Weise
die Seele auf die lange Reise
allein.

*Erich Fried*

## Bitte

Komm wieder auf die Wiese
auf die du noch niemals kamst
und leg dich ins Gras
in dem du schon immer liegst
laß den Uferstaub durch die Finger rinnen wie Mehl:
Wieder ist nie Immer zum ersten Mal

Komm wieder über den Sand
der über dich weht
komm wieder über das Wasser
das dich bedeckt
still der noch Unbegegneten Trennungskummer:
Nie ist nun zum ersten Mal wieder Immer

Sag wieder daß du da bist
klopf wieder an
sing dein Vergessen
daß ich es lernen kann
Wein in die Augen zurück die Tränen mach neu:
Immer ist zum ersten Mal wieder Nie

*Paul Celan*

## Die Jahre von dir zu mir

Wieder wellt sich dein Haar, wenn ich wein. Mit dem
                                        Blau deiner Augen
deckst du den Tisch unsrer Liebe: ein Bett zwischen
                                        Sommer und Herbst.
Wir trinken, was einer gebraut, der nicht ich war,
                                        noch du, noch ein dritter:
wir schlürfen ein Leeres und Letztes.

Wir sehen uns zu in den Spiegeln der Tiefsee und
                                        reichen uns rascher die Speisen:
die Nacht ist die Nacht, sie beginnt mit dem Morgen,
sie legt mich zu dir.

*Georg Trakl*

## Klage

Schlaf und Tod, die düstern Adler
Umrauschen nachtlang dieses Haupt:
Des Menschen goldnes Bildnis
Verschlänge die eisige Woge
Der Ewigkeit. An schaurigen Riffen
Zerschellt der purpurne Leib
Und es klagt die dunkle Stimme
Über dem Meer.
Schwester stürmischer Schwermut
Sieh ein ängstlicher Kahn versinkt
Unter Sternen,
Dem schweigenden Antlitz der Nacht.

*Christine Lavant*

Ach schreien, schreien! – Eine Füchsin sein
und bellen dürfen, bis die Sterne zittern!
Doch lautlos, lautlos würge ich den bittern
Trank deines Abschieds, meinen Totenwein.

Und schleiche kriechend, schattenlos schon fast,
Geripp aus Martern in der Stirn metallen
durch Schlangenzweige, die vom Walde fallen,
darin du gestern mich verwunschen hast.

In deiner Spur verreckt das fromme Wild,
die roten Vögel unsrer Zärtlichkeiten,
der schwarze Jäger will nach Hause reiten,
sucht nach dem Krebs im trüben Himmelsbild.

Zurück will alles. Auch der Totenwein
in meiner Kehle würgt sich noch nach oben.
Ich hör mein Herz die Gnade Gottes loben,
das dringt wie Bellen mir durch Mark und Bein.

*Wolfgang Bächler*

## Eine junge Frau an ihren gefallenen Mann

Du bist noch wie einst in meinem Zimmer.
Aus den Spiegeln lächelt dein Gesicht.
Doch der Tod, der dich ergriff im Schimmer
frühen Rots, der spricht mit leisem Singen
nun statt deiner auf mich ein. Im Schwingen
meines Atems löscht er Licht um Licht.

Warum hast du mir das Leben dagelassen,
und die Sehnsucht, die mich niederbiegt?
Warum irr ich noch durch leere Gassen?
Liebster, bist du drüben auch verloren
an Vergangenes? Was ungeboren
zwischen dir und mir im Dämmer liegt,

Wächst es auch aus deinen Traumgebärden,
fühlst auch du es stumm bei jedem Schritt?
Deinen Tod gabst du mir zum Gefährten
meiner Nächte. Und an langen Tagen
muß ich ihn auf meinen Schultern tragen.
Warum nahmst du deinen Tod nicht mit?

*Nelly Sachs*

Abgewandt
warte ich auf dich
weit fort von den Lebenden weilst du
oder nahe.

Abgewandt
warte ich auf dich
denn nicht dürfen Freigelassene
mit Schlingen der Sehnsucht
eingefangen werden
noch gekrönt
mit der Krone aus Planetenstaub –

Die Liebe ist eine Sandpflanze
die im Feuer dient
und nicht verzehrt wird –

Abgewandt
wartet sie auf dich –

*Pablo Neruda*

## In die Abende geneigt

In die Abende geneigt, ich werfe meiner Schwermut Netze
aus
nach deinen ozeanischen Augen.

Dort im höchsten Feuer dehnt sich meine Einsamkeit
und brennt,
die um sich schlägt, einem Schiffbrüchigen gleich.

Ich sende rote Signale über deine abwesenden Augen,
die wie das Meer an eines Leuchtturms Ufer wogen.

Du aber hütest einzig Finsternisse, Frau, so fern und mein.
Zuweilen taucht aus deinem Blick die Küste des
Erschreckens.

In die Abende geneigt, ich werfe meiner Schwermut Netze
aus
in dieses Meer, das deine ozeanischen Augen berennt.

Die Vögel der Nacht picken die ersten Sterne auf,
die wie meine Seele, wenn ich dich liebe, funkeln.

Blaue Ähren übers offene Feld verstreuend,
auf düstrer Stute galoppiert die Nacht.

*Übersetzung: Erich Arendt*

*Claire Goll*

## Nie wieder

Nie wieder wird eine Rose Rose sein
Mürbe Blumenblätter flattern statt ihrer:
Welke Augenlider von Toten

Mit dir ist die Sonne begraben
Der Mond – ertrunken im Teich der Tränen –
Geht nicht mehr auf solange ich lebe

Nie wieder wird eine Amsel Amsel sein
Die sanften Schritte der Abgeschiedenen
Dämpfen für immer ihr Lied

Das irre Lächeln der Sterne
Seit drei Jahrhunderten auf der Wanderung
Steigert zur Nacht meine Qual

Nie wieder werde ich die Freundin des Windes sein
Ich verwünsche ihn
Ob seines Moderduftes

*Johannes Bobrowski*

## Einmal haben

Einmal haben
wir beide Hände voll Licht –
die Strophen der Nacht, die bewegten
Wasser treffen den Uferrand
wieder, den rauhen, augenlosen
Schlaf der Tiere im Schilf
nach der Umarmung – dann
stehen wir gegen den Hang
draußen, gegen den weißen
Himmel, der kalt
über den Berg
kommt, die Kaskade Glanz,
und erstarrt ist, Eis,
wie von Sternen herab.

Auf deiner Schläfe
will ich die kleine Zeit
leben, vergeßlich, lautlos
wandern lassen
mein Blut durch dein Herz.

*Hans Magnus Enzensberger*

## befragung um mitternacht

wo, die meine hand hält, gefährtin,
verweilst du, durch welche gewölbe
geht, wenn in den türmen die glocken
träumen daß sie zerbrochen sind,
dein herz?

wo, welchen kahlschlag durcheilst du,
die ich berühre wangenzart, welch ein
betäubendes nachtkraut streift dich,
träumerin, welch eine furt benetzt
deinen fuß?

wo, wenn der hohle himmel graut, liebste,
rauschst du durch traumschilf, streichelst
türen und grüfte, mit wessen boten
tauscht küsse, der leise bebt,
dein mund?

wo ist die flöte, der du dein ohr neigst,
wo das geheul das lautlos dein haar
bauscht, und ich liege wie ein gelähmter
und horch und wach und wohin
dein gefieder?

wo, in was für wälder verstrickt dich,
die meine hand hält, gefährtin,
dein traum?

*Ricarda Huch*

Nicht alle Schmerzen sind heilbar, denn manche schleichen
Sich tiefer und tiefer ins Herz hinein,
Und während Tage und Jahre verstreichen,
Werden sie Stein.

Du sprichst und lachst, wie wenn nichts wäre,
Sie scheinen zerronnen wie Schaum.
Doch du spürst ihre lastende Schwere
Bis in den Traum.

Der Frühling kommt wieder mit Wärme und Helle,
Die Welt wird ein Blütenmeer.
Aber in meinem Herzen ist eine Stelle,
da blüht nichts mehr.

*Else Lasker-Schüler*

## Abschied

Aber du kamst nie mit dem Abend –
Ich saß im Sternenmantel.

… Wenn es an mein Haus pochte,
War es mein eigenes Herz.

Das hängt nun an jedem Türpfosten,
Auch an deiner Tür;

Zwischen Farren verlöschende Feuerrose
Im Braun der Guirlande.

Ich färbte dir den Himmel brombeer
Mit meinem Herzblut.

Aber du kamst nie mit dem Abend –
… ich stand in goldenen Schuhen.

*R.S. Thomas*

## Eine Ehe

Wir begegneten uns
    unter einem Schauer
von Vogeltönen.
    Fünfzig Jahre vergingen,
ein Augenblick der Liebe
    in einer Welt, die
Sklave der Zeit ist.
    Sie war jung;
Ich küßte mit den Augen
    geschlossen, öffnete
sie wieder und sah ihre Falten.
    «Komm» sagte der Tod
und wählte sie zur
    Partnerin für
den letzten Tanz. Und sie,
    die im Leben
alles getan hatte
    mit der Grazie eines Vogels,
öffnete jetzt den Schnabel,
    um einen Seufzer
fallen zu lassen, nicht
    schwerer als eine Feder.

*Übersetzung: Kevin Perryman*

*Rafael Alberti*

## An mein Schiff

Denk an mich auf hoher See,
Freundin, dann wenn du gehst
und nicht wiederkommst.

Wenn der Sturmwind, Freundin,
einen Spieß in dein Segel bohrt.

Wenn, bolzengrad, der Kapitän
sich nicht vom Flecke rührt.

Wenn man den drahtlosen Funk
nicht mehr verstehen kann.

Wenn den Fockmast schon
eine hohe Welle holt.

Wenn auf dem Grunde des Meers
du eine Sirene bist.

*Übersetzung: Erwin Walter Palm*

*Hans Arp*

wie dunkel ist das dunkel
ich suche dein gesicht
verglommen sind die sterne
in unserm kleinen licht
und aus den dunklen höhlen
strömt todesdunkel aus
und dunkler wird das dunkel
in unserm dunklen haus

*Friederike Mayröcker*

## Todeslied

Wo du auch hingehst
mit deinen träumenden Füszen
sorgsam hingesetzt in dein gegenwärtiges Leben
seltsam beflügelt jedoch wie Merkurs Fersen
in einer ahnungsvollen Erwartung:

immer wieder werden sich riesige Blöcke von Luft
wie fügsame Herden bewegen lassen durch dich
und auf mich zukommen
alle Regen die je deine Wangen treffen werden
kommen zu mir zurück
aufgelöst bist du in jedes Teilchen der Erde
mitgeteilt hast du dich allen schwebenden Wolken
und die Wälder der Blumen sprechen in deiner Sprache

nichts kann dich mehr trennen von meinem Herzen
mit jedem Sonnenstrahl sinkst du in mich
wie ein Same
über alle Wasser hinweg
bis zu den blätternden Sternen der Windrose

*Hans Leip*

## Das Lautlose

Die Rosen
Verdorrten, und die Stare
Sind schon über die Hecken entflogen.
Frostiger Dunst tropft
Ab vom Geäst.

Was denn so stillen Gesichts
Stehst du am Gartenhang
Ins Weite gebogen
Und horchst auf den Tropfenfall?

Kehr wieder, schall
Herauf, überreiches Fest
Der Wälder sommerlang
Und ihr, süße Stimmen des Lichts!

Es dunkeln die Jahre,
Und kein Entkommen
Ist vor dem Lautlosen,
Dem dein Blut benommen
Entgegenklopft.

*Werner Bergengruen*

## Die Flöte

Weil es Abend wird
gib mir deine Hand.
Eine Flöte irrt
fern im Weideland.

Da die Herde schon
sich ins Graue zieht,
bläst mit gleichem Ton
noch der Hirt sein Lied.

[...]

Durch den Abend weit
aus der Flöte schallt's,
schwer von Süßigkeit
und von Tränensalz.

Keine Lippe hat
unser Los erfragt.
Eine schmale Statt
ward uns zugesagt.

Drängt sich Tier an Tier
und die Wolken wehn –
sprich, wie wollen wir
diese Nacht bestehn?

Und nun schweigt der Hirt
fern im falben Land.
Weil es Abend wird,
gib mir deine Hand.

*Georg Heym*

## Letzte Wache

Wie dunkel sind deine Schläfen
Und deine Hände so schwer,
Bist du schon weit von dannen
Und hörst mich nicht mehr?

Unter dem flackenden Lichte
Bist du so traurig und alt,
Und deine Lippen sind grausam
In ewiger Starre gekrallt.

Morgen schon ist hier das Schweigen
Und vielleicht in der Luft
Noch das Rascheln der Kränze
Und ein verwesender Duft.

Aber die Nächte werden
Leerer nun, Jahr um Jahr,
Hier, wo dein Haupt lag und leise
Immer dein Atem war.

# Nachwort

Je länger du dort bist,
umso mehr bist du hier
je weiter du fort bist,
um so näher bei mir.
*Börries von Münchhausen*

In Lichtenbergs Brief an Gottfried Amelung, der dem Freunde vom Leben und Tod seiner Geliebten Anna Dorothea Stechard berichtet, heißt es an einer Stelle: «Wenn sie in der Kirche war, so war es mir als hätte ich meine Augen und alle meine Sinne weggeschickt.» Große Liebespoesie der Trauer ums Verlorene ähnelt Sätzen wie diesem, wortkarg, unbestochen von Selbstmitleid und Larmoyanz.

Die Verbindung der Liebe mit dem Tod ist das dunkelste Motiv der Dichtung. Auch dort, wo in der Liebeslyrik vom Tod nicht unmittelbar gesprochen wird, ist das Bewußtsein des Vergänglichen, des Verhängnisses und der Trauer mitzuvernehmen – die rätselvolle Identität von Eros und Thanatos. Aller Trost scheint unterm Grundton des Grams und der Klage zu ersticken. Findet er sich im Widerschein der *Dauer im Wechsel* der Natur, wie es bei Goethe heißt, so blieb das *rauschende Sichellin* gleichwohl die Metapher des Schnitters Tod.

An der Sammlung des vorliegenden Bandes zeigt sich, von Versen aus dem 16. Jahrhundert über die Romantik bis weit in die Gegenwart, daß die Volksliedtradition, aber auch die antiken Urbilder der unabwendbaren Verlassenheit und der Liebesvereinigung im Tod – in den Mythen von *Orpheus und Eurydike* und *Philemon und Baucis* – unüberhörbar sich auch in der europäischen Dichtung erhalten haben. Hatte Herder in einer *Zueignung* zu seiner großen Sammlung *Stimmen der Völker in Liedern* vom *verhohlenen Schmerz,* und den *Klagen, die niemand hört* gesprochen, die überall im Volkslied noch wahrzunehmen seien, so erweist sich im Kunstbewußtsein des Späteren, wo die Sprache der Poesie in der Trauer wieder zu ihrem Ursprung gelangt oder was sie in einer eigentümlichen Entfremdung vom Moment der wahren Empfindung am Ende auch hier irreversibel verloren hat. Das ist noch mitzuhören bis in die trostfernen Liebeslieder der *Winterreise* von Wilhelm Müller (die Schubert vertonen wird), in der Lyrik Storms, die – noch auf der Schwelle zwischen später Romantik und Realismus – bis hin zu Versen Claire Golls einer erloschenen Zeit nachzuhorchen scheinen.

Eine Sammlung von Gedichten über den Tod und die Liebe wird mit guten Gründen an die Epoche der Romantik anknüpfen, die das Volkslied, ausgehend von Herder und Goethe bis zu *Des Knaben Wunderhorn*, wieder zu entdecken begann. Doch erst in der Mitte des 19. Jahrhunderts druckte Zuccalmaglio in seiner Volksliedersammlung das zur Zeit seines Aufkommens sicher kühnste von ihnen wieder ab (das dann 1908 im *Zupfgeigenhansel* wieder zu finden war): *Schwesterlein, Schwesterlein, wann geh'n wir nach Haus.* Das Lied spricht von der Geschwisterliebe und ihren Folgen, der Schwangerschaft. Der Inzest wird, wohl aus Gründen klerikaler und gesellschaftskonformer Zensur, in einer großartigen Verschiebungs- und Verhüllungsleistung, dem nächtlichen Tanzvergnügen mit einem «Liebsten» zugeordnet. Es könnte belegen, daß gerade auch diese verbergenswürdigen Liebesbeziehungen in der ländlichen Gesellschaft virulent waren.

War der Gattungspoetik des Barock lange Zeit alles Persönliche fremd – selbst der zeitgenössische Kanon der Trauer-Gedichte wird in artifizieller Formelhaftigkeit erstarren – so wirkt das hier aufgenommene Liebesgedicht von Opitz wie ein «romantischer» Einspruch gegen die Kühle des eigenen Manifests *Von der deutschen Poeterey.*

In die traditionsbildende Macht des Volksliedtons, der sich seit den *Sesenheimer Liedern* wie ein Echo des verschollenen Glücks vernehmen läßt, wandern immer wieder Motive der großen Mythen um Tod und Liebe ein: das des Versäumten und der unauslöschlichen Schuld aus *Orpheus und Euridyke* ebenso wie das Sehnsuchtsbild der naturhaften Liebesvereinigung aus dem Mythos von *Philemon und Baucis.*

Das ist immer noch mitzuhören in den Gedichten der Moderne – etwa bei dem Mexikaner Octavio Paz –, als spreche ein lyrischer Gedanke Rilkes kaum vernehmbar mit, der *das Schöne des Schrecklichen Anfang* nennt – denn auch davon ist, wie die *Sonette an Orpheus* zeigen, im antiken Mythos die Rede. Hatte auch Paul Éluard in seinem Gedicht *L'Amoureuse* noch einmal den *Philemon und Baucis*-Mythos erinnernd vor Augen, der die Liebenden noch im Tod ineinander aufgehen läßt, so finden sich bei Ungaretti Spuren der Orpheus-Klage in der Rückkehr der Geliebten aus dem Hades. Und Rafael Alberti verschmilzt diesen Mythos – im Zauber der Metamorphose übertragen auf ‹sein› Schiff – mit der Sirenen-Verlockung der *Odyssee,* vernimmt aber damit auch die Lockung des eigenen Todes gleichsam im Hall der Elemente, die den Singenden zerstören und ihn am Ende auf dem Grund des Meeres für immer der Geliebten verbinden werden.

Daneben entstehen neue Grundmotive der Gattung. Liest man Hölderlins *Abbitte,* an Susette Gontard gerichtet, vor dem Hintergrund der späten Verse *Wenn aus der Ferne, da wir geschieden sind* (1808), so tritt, abgründig, ein biographischer Zusammenhang ans Licht. Für den Tod Diotimas im *Hyperion* hatte Hölderlin die geliebte Frau noch brieflich um Vergebung gebeten. Den geheimen Todeswunsch wird die Phantasie umschließen, der Freundin in *jenen* Paradieses-*Gärten* einst wieder zu begegnen. Und in Goethes *Di-*

*van*-Gedicht *Selige Sehnsucht* werden der Liebestod und der *Flammentod* des Schöpferischen ineinander aufgehen, um in Äonen zu einem höheren Leben zu gelangen: eine Denkfigur seiner Kunst, die später in der *Elegie* von Marienbad und im Schluß des zweiten *Faust* noch einmal wahrzunehmen ist.

Auch die Trauer um verlorene Kinder wird nicht selten zu einem übermächtigen Bindeglied von Tod und Liebe in dieser Lyrik. Rückerts *Kindertodtenlieder*, von denen viele hundert überliefert sind, wirken in ihrem Wiederholungszwang wie ein Schutz vor der quälenden Verfinsterung seiner Welt (zwei seiner Kinder waren im frühen Alter kurz nacheinander gestorben). Mit der Empfindung des Liebenden hat Mahler die tiefsten dieser Lieder vertont. Auch ihm muß, wie beim *Abschied* im *Lied von der Erde*, vor allem aber auch in seiner IV., VI. und IX. Symphonie zu hören ist, der Volksliedton der Klage in Rückerts Liedern wie ein in der Ferne der Zeiten Verhalltes vernehmlich gewesen sein; die *Wunderhornlieder* werden das unvermittelt aufnehmen. Ebenso bedenken die Schlaflied-Verse des jüdischen Poeten Beer-Hofmann immer die in der Bibel aufgehobenen Worte mit: «Wenn nun die Zeit dahin ist, daß du mit deinen Vätern schlafen liegst» (2. Sam. 7,12).

Ließe sich von einer Geschichte der Gefühle von der Romantik bis zur Moderne überhaupt reden – und nicht vielmehr besser, wie Alexander Kluge gesagt hat, von ihrer *Chronik* -, dann wäre sie ehestens am Wandel der Metaphorik abzulesen: die Bilder des Erhabenen, die um die Mitte des 19. Jahrhunderts in der Trauerdichtung hervortreten, beginnen um die Jahrhundertwende in einer gewandelten Erfahrungswelt zu verlöschen – die neue Bildwelt beginnt, sich dem Verschollenen wieder zuzuwenden, kühler, aber auch zärtlicher inmitten ihres Todesbewußtseins und in der

Glückserfahrung der Hoffnungslosen – so etwa bei Georg Heym.

Die Verschmelzung des Todes, der Liebe und des Eingedenkens verfiel am Beginn des 20. Jahrhunderts einer anderen, härteren Bildwelt: der einer *Menschheit, vor Feuerschlünden aufgestellt,* deren *Straßen in dunkle Verwesung führten.* Trakls Dichtung, die bedeutendste der frühen deutschsprachigen Moderne überhaupt, wird von einer Welt reden, in der der Liebestod für lange Zeit zu einem fahlen Gedächtnisbild zu erstarren drohte, – das findet seinen Ausdruck noch in der walisischen Kühle der Verse von R.S. Thomas –, von einer Geschichte aufgezehrt, die vor allem der deutsche Expressionismus dem Empfindungshaushalt der Mitlebenden erbarmungslos entgegengehalten hat: die metaphysischen Konnotationen der Poesie schienen zerbrochen. Entsetzt und von Grauen geschüttelt werden Trakls letzte Gedichte den *Schatten* der inzestuös geliebten *Schwester stürmischer Schwermut* noch einmal heraufbeschwören. In der Nacht des 3. November 1914 stirbt er im Krakauer Armeehospital an einer Überdosis Kokain, fast um den Verstand gekommen angesichts eines infernalischen Wahns, dem er in der Schlacht von Grodek als Sanitäter begegnet war. Drei Jahre darauf, 1917, folgt ihm Grete Trakl durch Selbstmord in den Tod.

Brechts Gedicht *Die Liebenden* von 1928, in die Metapher des Naturbilds überführt, ist dann, als ein letztes und sicher als eines der unvergleichlichsten Gedichte einer Liebeslyrik, die dem Tod verschwistert ist, erschienen: die Wolke wird zerstieben, der Kranich klagend ins *Nirgend hin* entschwinden.

Nach Auschwitz und nach der Verwüstung fast aller Menschenverhältnisse schien gerade Liebeslyrik, auch im Schatten des Verlorenen, nicht mehr möglich – nichts anderes hatte Adornos Interdikt im Sinn. Trat sie denn, vor allem bei den österreichischen Dichterinnen, besonders der Bachmann und der Lavant, wieder hervor, hat sie in ihrer trauernden Härte, in ihrer schreienden Trostferne, Geschichte gnadenloser mitgedacht als ihre unmittelbaren Anlässe verrieten.

Erst Jahrzehnte später wird, in oft sehr leisen Bildern der Trauer in den nur zum Schein entschwundenen Traditionen der Verschmelzung von Natur und Todesmythos eine Lyrik hervortreten, die im Vergangenen auch das Verhängnis mitschreibt. Die jüdischen Dichter Paul Celan, Erich Fried und Nelly Sachs sind, fast rettend, an einen Mythos gebunden, dessen metaphysische Macht in ihrer Poesie immer mitzuhören ist: «Setze mich wie ein Siegel auf dein Herz und wie ein Siegel auf deinen Arm. Denn Liebe ist stark wie der Tod, und ihr Eifer ist fest wie die Hölle. Ihre Glut ist feurig und eine Flamme des Herrn, daß auch viele Wasser die Liebe nicht mögen auslöschen noch die Ströme sie ertränken» (Hoheslied, 8, 6–7).

Aber im gleichen Geist hat Nelly Sachs der Nachwelt in ihrem Gedicht *Jakob* die bange Frage hinterlassen: «Wenn die Propheten aufständen | in der Nacht der Menschheit, | wie Liebende, die das Herz des Geliebten suchen, | Nacht der Menschheit, | würdest du ein Herz zu vergeben haben?»

*20. Dezember 2004* *P.S.*

# Inhalt

## Quellenverzeichnis

*Alberti, Rafael,* Zu Lande und zu Wasser. Gedichte. Spanisch und deutsch. Übertragen v. Erwin Walter Palm. Frankfurt am Main: Suhrkamp 1960. © Suhrkamp Verlag 1984.
*Arp, Hans,* Gesammelte Gedichte Bd. 1.2. Berlin: Limes 1984. © 1953, 1963 by Limes in der F.A. Herbig Verlagsbuchhandlung GmbH München.
*Bächler, Wolfgang,* Die Zisterne. Gedichte. Esslingen: Bechtle 1950. © 1950 by Bechtle Verlag, Esslingen.
*Bachmann, Ingeborg,* Die gestundete Zeit. Gesammelte Werke Bd. 1. München: Piper 1957. © Piper Verlag GmbH, München 1978.
*Beer-Hofmann, Richard,* Gesammelte Werke. Frankfurt am Main: S. Fischer 1963. © Andreas Thomasberger.
*Benn, Gottfried,* Sämtliche Werke. Stuttgarter Ausgabe. Hrsg. v. Gerhard Schuster. Stuttgart: Klett-Cotta 1986, Bd. 1. © Verlag Klett-Cotta, Stuttgart.
*Bergengruen, Werner,* Meines Vaters Haus. Gesammelte Gedichte. Hrsg. v. N. Luise Hackelsberger. Zürich/Hamburg: Arche 1992. © 1992, 2004 by Arche Verlag AG, Zürich – Hamburg.
*Bobrowski, Johannes,* Gesammelte Werke in sechs Bänden. Hrsg. v. Eberhard Haufe. Stuttgart: DVA 1987, Bd.1. © 1998 Deutsche Verlags-Anstalt GmbH, Stuttgart.
*Brecht, Bertolt,* Gesammelte Gedichte. Hrsg. v. Suhrkamp Verlag. Frankfurt a. M.: Suhrkamp 1976, Bd. 4. © Suhrkamp Verlag 1976.
*Brentano, Clemens,* Gedichte, Erzählungen, Märchen. Hrsg. v. Otto Heuschele. Zürich: Manesse 1958.
*Brun, Friederike,* in: Lyriker und Epiker der klassischen Periode. Hrsg. v. Max Mendheim. Stuttgart: Deutsche Verlagsgesellschaft 1893, Bd. 2.
*Büchner, Georg,* Sämtliche Werke, Briefe und Dokumente. Hrsg. v. Henri Poschmann. Frankfurt am Main: Deutscher Klassiker Verlag 1992, Bd. 1.

*Burkart, Erika,* Geist der Fluren. Gedichte. St. Gallen: Tschudy-Verlag 1958. © Erika Burkart.

*Busta, Christine*, Lampe und Delphin. Gedichte. Salzburg: Otto Müller 1955. © Otto Müller Verlag, Salzburg 1995, 4. Auflage.

*Celan, Paul,* Mohn und Gedächtnis, Stuttgart: DVA 1952. © 1952 Deutsche Verlags-Anstalt GmbH, Stuttgart.

*Claes, Astrid,* Der Mannequin. Wiesbaden: Limes 1956. © Astrid Gehlhoff-Claes.

*Claudius, Matthias,* Sämtliche Werke. Hrsg. v. Jost Perfahl u.a. München: Winkler $^{6}$1987.

*Dauthendey, Max,* Gesammelte Werke. München: Albert Langen 1925, Bd. 4.

*Deutscher Liederhort.* Hrsg. v. Ludwig Erk und Franz Magnus Böhme. Leipzig: Breitkopf & Härtel ?1925.

*Eich, Günter,* Gesammelte Werke. Bd. 1. Hrsg. v. Axel Vieregg. Frankfurt am Main: Suhrkamp 1991. © Suhrkamp Verlag 1973.

*Eichendorff, Joseph von*, Werke. Hrsg. v. Wolfdietrich Rasch. München: Carl Hanser 1959.

*Éluard, Paul,* Französische Dichtung. Bd. 4. Von Apollinaire bis zur Gegenwart. Hrsg. v. Ludwig Böschenstein u. Hartmut Köhler. München: C.H. Beck $^{2}$2001.

*Enzensberger, Hans Magnus*, verteidigung der wölfe. Frankfurt am Main: Suhrkamp 1957. © Suhrkamp Verlag 1957.

*Fried, Erich,* Befreiung von der Flucht. Gedichte und Gegengedichte. © 1968 Claassen Verlag in der Ullstein Buchverlage GmbH, Berlin.

*Goethe,* Werke. Hamburger Ausgabe. Hrsg. v. Erich Trunz. München: C.H. Beck $^{16}$1996, Bd. 2.

*Goll, Claire,* Die Antirose. © 1967 Limes Verlag, S. 99. Alle Rechte bei und vorbehalten durch Wallstein Verlag Göttingen.

*Günderode, Karoline von*, Der Schatten eines Traumes. Gedichte, Prosa, Briefe, Zeugnisse von Zeitgenossen. Hrsg. und mit einem Essay v. Christa Wolf. Darmstatdt u.a.: Luchterhand 1979.

*Hebbel, Friedrich,* Werke. Hrsg. v. Gerhard Fricke u.a. München: Carl Hanser 1965, Bd. 3.

*Heym, Georg,* Dichtungen und Schriften. Gesamtausgabe. Hrsg.

v. Karl Ludwig Schneider. München: Verlag Heinrich Ellermann (C.H. Beck) 1964, Bd. 1.
*Hofmannsthal, Hugo von,* Sämtliche Werke. Kritische Ausgabe. Hrsg. v. Rudolf Hirsch u.a. Frankfurt am Main: S. Fischer 1988, Bd. 2.
*Hölderlin, Friedrich,* Sämtliche Werke und Briefe. Hrsg. v. Michael Knaupp. München: Carl Hanser 1992, Bd. 1.
*Huch, Ricarda,* Gesammelte Werke. Hrsg. v. Wilhelm Emrich. Köln: Kiepenheuer & Witsch 1971, Bd. 5. © 1971 by Verlag Kiepenheuer & Witsch, Köln.
*Kasack, Hermann,* Das ewige Dasein. Gedichte. Berlin/Frankfurt a. M.: Suhrkamp/vorm. S. Fischer 1943. © Suhrkamp Verlag 1943.
*Kaschnitz, Marie Lusie,* Überallnie. Ausgewählte Gedichte 1928–1965. © 1965 Claassen Verlag in der Ullstein Buchverlage GmbH, Berlin.
*Klopstock, Friedrich Gottlieb,* Ausgewählte Werke. Hrsg. v. K.A. Schleiden. München: Carl Hanser, 1962
*Kraus, Karl,* Schriften. Hrsg. v. Christian Wagenknecht. Frankfurt am Main: Suhrkamp 1989, Bd. 9. © Suhrkamp Verlag 1989.
*Krolow, Karl,* Gesammelte Gedichte. Frankfurt am Main: Suhrkamp 1965. © Suhrkamp Verlag 1965.
*Lasker-Schüler, Else,* Gedichte 1902–1943. Hrsg. v. Friedhelm Kemp. Frankfurt am Main: Suhrkamp 1997. © Suhrkamp Verlag 1996.
*Lavant, Christine,* Die Bettlerschale. Gedichte. Salzburg: Otto Müller 1956. © Otto Müller Verlag, Salzburg 2002, 7. Auflage.
*Leip, Hans,* Kadenzen. Stuttgart: Cotta 1945.
*Lenau, Nikolaus,* Sämtliche Werke und Briefe. Hrsg. v. Eduard Castle. Leipzig [ohne Verlagsangabe] 1910, Bd. 1.
*Lenz, Jakob Michael Reinhold,* Werke in einem Band. Ausgewählt u. kommentiert v. Karen Lauer. München: Carl Hanser 1992.
*Mayröcker, Friederike,* Ausgewählte Gedichte 1944 bis 1978. Frankfurt/M. 1979: Suhrkamp. © Suhrkamp Verlag 1979.
*Mörike, Eduard,* Sämtliche Gedichte. Hrsg. v. Herbert G. Göpfert. München u. a.: Piper 1987.

*Müller, Wilhelm,* Wanderlieder und Gedichte aus den hinterlassenen Papieren eines reisenden Waldhornisten. In: Robert Hammerstiel: Franz Schubert. Winterreise. Wien u.a.: Verlag Christian Brandstätter 1997.

*Neruda, Pablo*, Gedichte. Spanisch und deutsch. Übertragen v. Erich Arendt. Frankfurt am Main: Suhrkamp 1963. © Suhrkamp Verlag 1963.

*Opitz, Martin,* zit. n. Eberhard Haufe (Hrsg.), Wir vergehn wie Rauch von starken Winden. Deutsche Gedichte des 17. Jahrhunderts. Berlin/München: Rütten & Löning/C.H. Beck 1985, Bd. 1.

*Paz, Octavio,* 1961. Museum der modernen Poesie. Hrsg. v. Hans Magnus Enzensberger. Frankfurt am Main: Suhrkamp 1961. © Suhrkamp Verlag 1961.

*Rilke, Rainer Maria,* Gesammelte Gedichte. Frankfurt am Main: Suhrkamp 1962.

*Rossetti, Christina,* Englische und Amerikanische Dichtung. Bd. 2. Von Dryden bis Tennyson. Hrsg. v. Werner von Koppenfels u. Manfred Pfister. München: C.H. Beck 2000.

*Rückert, Friedrich,* Kindertodtenlieder. Hrsg. v. Hans Wollschläger. Nördlingen: Greno 1988.

*Sachs, Nelly,* Fahrt ins Staublose. Frankfurt am Main: Suhrkamp 1961. © Suhrkamp Verlag 1961.

*Schaefer, Oda*, Wiederkehr. Gedichte. Hrsg. v. W. Fritzsche. München: Piper 1985. © Eberhard Horst.

*Seidel, Ina,* Neue Gedichte. Stuttgart: Deutsche Verlags-Anstalt 1955. © 1955 Deutsche Verlags-Anstalt GmbH, Stuttgart.

*Storm, Theodor,* Sämtliche Werke in vier Bänden. Hrsg. v. Karl Ernst Laage u. a. Frankfurt am Main: Deutscher Klassiker Verlag 1987, Bd. 1.

*Thomas, R.S.,* Deciduous Language/Laubbaum Sprache Gedichte. Englisch/Deutsch. Denklingen: Babel-Verlag 1998. © Babel-Verlag.

*Trakl, Georg,* Dichtungen und Briefe. Hrsg. v. Walther Killy u. Hans Szklenar. Salzburg: Otto Müller [5]1987.

*Ungaretti, Giuseppe,* Gedichte. Italienisch und deutsch. Übertragen

v. Ingeborg Bachmann. Frankfurt am Main: Suhrkamp 1961. © Suhrkamp Verlag 1991.
*Vischer, Friedrich Theodor,* Freiheit des Geistes. Eine Auswahl aus seinem Gesamtwerk und den Briefen v. Franz Georg Brustgi. Stuttgart: W. Kohlhammer 1976.
*Zuccalmaglio, Anton Wilhelm Florentin von,* Deutsche Volklieder mit ihren Originalweisen. O.O. 1838–40.